A Monsieur le docteur Guillard
hommage de l'éditeur.

A. Perroux

QUELQUES NOTES

SUR

CHARLES NODIER

A. DE CLAYE

QUELQUES NOTES
SUR
CHARLES NODIER

POUR SERVIR DE PRÉFACE A L'ÉDITION DE

INÈS DE LAS SIERRAS

ILLUSTRÉE DE GRAVURES EN COULEURS

PAR

PAUL AVRIL

PARIS
A. FERROUD, LIBRAIRE-ÉDITEUR
127, BOULEVARD SAINT-GERMAIN, 127

1897

PRÉFACE

I

Dans *Inès de Las-Sierras*, d'étranges aventures nous sont narrées, tellement étranges qu'elles semblent défier toute explication rationnelle. Les témoins sont des hommes qui n'ont rien de mystique, assurément; parmi eux plusieurs sont de sens rassis. Il y a même dans le nombre un entrepreneur de spectacles, et cette espèce de gens, par profession, n'est pas dupe des artifices de mise en scène. Mieux encore, il y a une sorte de Homais avant la lettre, revêtu de l'uniforme militaire, un type curieusement observé d'officier de fortune, comme les grandes guerres en déposent après elles le long des colonnes de l'*Annuaire*. Spectateurs plus ou moins volontaires d'événements qu'ils ne comprennent pas, ils s'acharnent à leur trouver des causes naturelles, ils y mettent du parti pris et ils y échouent... Puis, à quelques années d'intervalle, tout s'éclaircit; les phénomènes qu'ils avaient fini par croire d'ordre prodigieux et surnaturel, qui avaient dérouté la « philosophie » du lieutenant Boutraix en personne, deviennent des faits sinon très ordinaires, du moins exclusifs de toute diablerie.

Ce cadre était vraiment fait pour le talent ingénieux et volontiers un peu paradoxal de Charles Nodier. Le fin conteur affectionnait ces jeux d'esprit. Un jour — et ce ne fut pas le jour le moins heureux de sa carrière d'écrivain — il entreprit de justifier les petites superstitions populaires : il démontra qu'il ne faut pas être treize à table, que la chute d'une salière porte malheur, que c'est un fâcheux présage d'apercevoir une araignée après le soleil couché... Pour comble d'ironie, il plaça cette démonstration dans la bouche de La Mettrie, celui qu'on appelait « l'athée à titre d'office du roi de Prusse ». Jamais Nodier ne déploya autant de ressources, de malice aimable, d'esprit que dans ce plaidoyer en l'honneur des préjugés, jamais, si ce n'est dans le conte d'*Inès de Las Sierras* où il s'amuse à embrouiller un écheveau qu'il démêle ensuite, d'un main légère et un sourire narquois aux lèvres.

Permis au lecteur, d'ailleurs, pour peu qu'il le désire et qu'il ait de l'imagination, de voir bien d'autres choses encore dans ce récit. Théophile Gautier, avec le sens divinatoire du poète, a vu dans Inès un emblème, une sorte de personnification de l'Espagne elle-même. Lisez ses vers :

Dans cette danse fantastique
Aux pas funèbres et charmants,
Renaît l'Espagne poétique
Avec ses vieux enchantements.

Grâce arabe, fierté romaine,
L'Espagne du romancero,
Ayant au cœur, comme Chimène,
Des gouttes de sang de taureau.

Sa marque rouge à la poitrine,
C'est la civilisation,
Avec sa nouvelle doctrine
Frappant au cœur la nation[1].

Mais nous ignorons, nous ignorerons toujours si Nodier s'était réellement proposé de synthétiser ainsi une race dans une figure. Lui qui aimait d'habitude à expliquer dans des préfaces le but et la genèse de ses œuvres — on aime ce qu'on fait bien et il excellait dans les préfaces — n'a pas fait précéder d'une introduction *Inès de Las Sierras*.

Entendons-nous, toutefois ; en tête de l'édition originale, Paris, librairie de Dumont, 1837, on trouve un préambule, qui est une lettre « à M. Buloz, directeur

[1] Voir dans *Emaux et Camées* la pièce intitulée : *Inès de Las Sierras*. Le texte que nous reproduisons diffère de la version adoptée définitivement par Théophile Gautier. Nous l'avons emprunté à une curieuse et peu connue *variante* que M. de Lovenjoul a publiée dans son *Histoire des Œuvres de Théophile Gautier*, t. II, p. 29 et suivantes.

des Revues littéraires ». Ce morceau a été retranché des éditions subséquentes; il est presque inconnu. On le lira plus loin, car M. Ferroud, en attachant son nom à notre réimpression, a voulu qu'elle fût complète. Il a donc, et je lui en sais gré, exhumé ces pages oubliées qui devaient, dans la pensée de l'auteur, rester jointes à *Inès*. J'ajoute que ce tableau de la condition des gens de lettres aux divers âges de l'humanité est curieux, qu'il est finement travaillé, qu'il porte bien la marque de Nodier par la malice et par l'érudition, par l'*humour* et par les aperçus philosophiques... Mais ce n'est pas une préface à proprement parler; l'auteur y dédie à « Buloz-Mécène » — qui ne fut pas tous les jours à pareille fête — sa « petite nouvelle espagnole »; il n'y fournit aucun renseignement sur les circonstances dans lesquelles il l'a conçue ou recueillie, ni sur les raisons qu'il a eues de l'écrire.

Peut-être a-t-il été tout simplement tenté par l'originalité de la donnée et par le pittoresque du cadre. Songez donc! Des ruines à rendre Walter Scott rêveur; dans ces ruines, des cavaliers bien vivants et bizarrement accoutrés; sur ce théâtre et avec ces acteurs un drame qui affecte des allures de mystère; quel motif pour un artiste! Tout est matière à développement, tout fait tableau; la carrière est ouverte devant le conteur. Or, c'était un inimitable conteur que Charles Nodier. Il avait le goût du genre, il en avait la passion : « Après le plaisir d'entendre des

« contes, a-t-il dit, il n'y en a pas de plus doux que « d'en raconter. » Aussi, il racontait. Si ce n'était pas la plume à la main, c'était de vive voix. Un autre maître, Alexandre Dumas, l'a représenté dans l'exercice de sa fonction préférée; lisez : « Quand Nodier « parlait, tout le monde écoutait, petits enfants et « grandes personnes. C'était tout à la fois Walter « Scott et Perrault, c'était le savant aux prises avec « le poète, c'était la mémoire en lutte avec l'imagi- « nation. Non seulement alors Nodier était amusant « à entendre, mais Nodier était charmant à voir. Son « long corps efflanqué, ses longs bras maigres, ses « longues mains pâles, son long visage plein d'une « mélancolique bonté, tout cela s'harmonisait avec sa « parole un peu traînante que modulait, sur certains « tons ramenés périodiquement, un accent franc-com- « tois que Nodier n'avait jamais entièrement perdu. « Oh! alors le récit était chose inépuisable, toujours « nouvelle, toujours répétée. Le temps, l'espace, l'his- « toire, la nature étaient pour Nodier cette bourse de « Fortunatus d'où Pierre Schlemill tirait ses mains « toujours pleines [1]. »

II

Sainte-Beuve a défini Charles Nodier un « brillant, aimable et intermédiaire génie ». Ce mot *intermé-*

[1] Alexandre Dumas. *La Femme au collier de velours*, III, l'Arsenal.

diaire est le mot juste. Entre les anciennes et les nouvelles écoles littéraires, entre les « classiques » et les « romantiques », Nodier tint une place qui ne fut qu'à lui et sa grande originalité consista à ne se confondre ni avec les uns, ni avec les autres, à n'être inscrit dans aucun des deux camps, à n'être immatriculé dans aucun régiment. Si le jargon parlementaire de nos jours avait eu cours de son temps, on l'eût appelé un « sauvage ». Il y gagna que, des deux côtés, non seulement il fut accepté, mais il fut revendiqué. « Seul, disait encore Sainte-Beuve, seul il semble « lier au présent des arrière-fonds et des lointains « fuyants de littérature, donnant la main de Bonne- « ville à M. de Balzac et de Diderot à M. Hugo. » Oui, seul ; et c'est là ce qui le rend si intéressant.

Prenez, par exemple, Chateaubriand, dont la première œuvre imprimée, *Atala*, parut à peu près en même temps que les premiers essais de Nodier. Quoique Chateaubriand fût son aîné de plusieurs années, l'influence de la période antérieure est infiniment moins sensible dans sa façon de penser et d'écrire. Il semble que, du passé, Chateaubriand et les romantiques qui suivirent eussent tout oublié, — littérairement parlant. — Ils avaient coupé les ponts derrière eux, tandis que Nodier était resté en communication avec l'antique rive et qu'il la regardait souvent, et qu'il y revenait parfois pour y cueillir des fleurs choisies.

Quant aux classiques figés de l'Empire et de la

Restauration, on peut dire que, du présent, ces sortes d'émigrés littéraires à l'intérieur n'avaient rien appris. Pour mieux marquer leur dédain des novateurs, ils se donnaient l'air de les ignorer. Mais Nodier en usait autrement, si bien qu'un jour Alfred de Musset, dans des stances qu'il faudrait citer tout au long, lui écrivit :

... Rassemblés sous ton aile
Paternelle...
Chacun de nous, futur grand homme,
Ou tout comme,
Apprenait plus vite à t'aimer
Qu'à rimer.

Nodier, en effet, se faisait aimer. La bonté de son cœur, que tous les contemporains s'accordèrent à célébrer, lui conciliait l'universelle sympathie. Il ne connut jamais l'envie; il était accueillant aux nouveaux venus; sa grande joie était d'encourager les débutants. Mais il y avait autre chose que de la bienveillance dans ses rapports avec la jeune école : il y avait une intelligence très vive et très ouverte de toutes les formes d'art, une connaissance de tous les genres — et dans quel genre lui-même ne s'essaya-t-il point? — une faculté très large de comprendre, une souplesse extraordinaire qui fut un des charmes de son talent, qui fut aussi un écueil, car il ne se fixa suffisamment sur aucun point. La dispersion fut son défaut, ou son malheur si l'on préfère. Lamartine, qui connut lui aussi ce malheur, l'a constaté en ces termes : « Nodier

« jouait avec son génie et sa sensibilité, comme un « enfant avec l'écrin de sa mère : il perdait les pierres « précieuses comme le sable. »

Néanmoins, dans l'infinie diversité de ses exercices, il resta « français à travers tout, comtois d'accent et « de saveur de langage [1] ». Il fut toujours, n'importe où se portât sa fantaisie nomade, un amoureux du style : « Sa parole, a dit Gustave Planche, ne res- « semble à aucune autre parole. C'est partout un style « harmonieux, diapré comme les ailes d'un papillon, « nuancé de mille couleurs, délicat et parfumé comme « les fleurs d'un gazon au premier jour de mai. » Il professa constamment le culte de la saine langue française, un culte passionné, au besoin intolérant. N'oubliez pas qu'il y avait en lui un *lexicographe* et un grammairien. Soit qu'il applaudît aux audaces des novateurs, soit que l'excès de ces audaces le rejetât du côté des classiques, il suppliait les uns comme les autres de respecter la langue, et ses supplications avaient je ne sais quoi d'ému qui les rendait touchantes. Il s'écriait : « Au nom des vieilles muses que l'école « classique adore toujours, au nom des magnifiques « inspirations de la langue naissante qu'une jeune « école aime à renouveler, au nom de ce qu'il y a de « plus sacré pour ces brillants esprits qu'un noble « instinct a jetés dans la carrière des lettres... j'adjure « à genoux l'Académie française de repousser obstiné

1 Sainte-Beuve.

« ment les ruineuses recherches qu'on prodigue inso-
« lemment à la langue pour l'appauvrir et pour la
« perdre. »

Cela fait que les œuvres de Nodier vivront, et par leur mérite, et par l'attrait de curiosité qu'elles offrent à qui veut étudier l'histoire des lettres au XIXe siècle. Cela fait aussi que Nodier, après avoir été un des auteurs les plus lus de notre pays, était digne de prendre rang parmi ceux que de hardis éditeurs réimpriment luxueusement, avec des soins artistiques qui ravissent d'aise les raffinés de la bibliophilie.

III

Ajoutez que Nodier fut un grand bibliophile lui-même et que, dès lors, il inspire aux bibliophiles quelque chose de plus que les autres écrivains, quelque chose où il entre de l'affection, de la familiarité et de la piété.

La bibliophilie fut sa passion, ou, si l'on veut, sa manie ; lui-même employait ce mot. Elle joua dans sa vie un rôle si important qu'on ne saurait parler de lui sans parler d'elle. J'ai dit ailleurs [1] que dans ce domaine, — comme en littérature — il fut à la fois un initiateur et un mainteneur. C'est si vrai qu'à la Société des Bibliophiles Français, ce conservatoire des

[1] *La Bibliophilie en* 1894, page 65.

traditions, on se réclame de lui ; et d'autre part les « modernes », les révolutionnaires qui ont levé l'étendard de la révolte contre l'exclusivisme des amateurs de la génération précédente, qualifiés par eux de « vénérants », prisent Nodier, ils saluent en lui un précurseur. M. Henri Béraldi, le maître et le vulgarisateur de la nouvelle école, a même dit de Nodier, en se servant d'une métaphore hardie, qu'il était « dans le train » !

Le fait est qu'au lieu de s'en tenir aux chemins battus, il fraya des routes neuves. On rencontre chez les libraires, dans les salles de vente, des acheteurs qui, malgré moi, me rappellent les touristes entassés dans des voitures de l'agence Cook. Le guide avertit les touristes : « Ici, il faut s'arrêter », et la caravane s'arrête. — « Ici, il faut admirer », et l'on admire. — Expliquez-moi autrement, je vous prie, ces engouements subits pour certains livres, bientôt suivis de chutes non moins rapides. Un *guide* a proclamé qu'il faut avoir ces livres-là, et qu'on est disqualifié si on ne les possède pas. Le résultat est qu'un certain jour le *Pastissier français* elzevier est vendu 10.000 francs ; puis, la mode changeant, on s'aperçoit qu'après tout un honnête homme peut se passer de ce petit livre de cuisine, et le *Pastissier* s'effondre...

Nodier était bien trop indépendant par caractère, il avait trop de goût, il aimait trop le livre, en érudit et en artiste, pour se plier à des mots d'ordre, pour suivre en aveugle la convention. Il fut un des premiers à remettre en honneur les impressions du XVIe siècle. Il fut le premier à rechercher les éditions originales du grand siècle. Non seulement leur rareté tentait le collectionneur qui sommeillait en lui, comme en tout bibliophile ; — observez que, de son temps, ces éditions étaient plus rares qu'aujourd'hui, attendu qu'on n'avait pas encore exploré les rayons poussiéreux des vieilles bibliothèques, fouillé les arrière-boutiques de bouquinistes, vidé les greniers ; — mais en outre, comme lettré, il se rendait compte de l'intérêt qu'offrent l'étude et la comparaison des textes primitifs. Ces reliques vénérables de l'âge le plus glorieux de notre littérature sont, en même temps, des témoins précieux. Je plains ceux qui n'éprouveraient pas à leur vue une sorte d'émotion. Dans ces feuillets que vous maniez, d'immortels chefs-d'œuvre furent fixés et révélés pour la première fois. Ce volume que vous tenez — luxueux in-quarto ou simple plaquette — a recueilli directement la pensée d'un Corneille ou d'un Molière, d'un Bossuet ou d'un La Fontaine ; et ce volume vous la transmet sans qu'il y ait eu d'autre intermédiaire qu'un ouvrier d'imprimerie qui, peut-être, a exécuté sa tâche sous les yeux même de l'auteur, qui a reçu ses conseils, qui a dû souvent, au cours de son travail, tenir compte d'indications nouvelles et opérer des changements. Car il était fréquent alors que des modifications fussent faites jusque sous la presse, et il n'est pas rare qu'on puisse constater des différences notables entre les exemplaires d'une même édition. Nodier avait bien raison de mettre ces livres-là au premier rang de ceux qu'un bibliophile doit convoiter, connaître, entourer d'un respect tendre.

Il ne s'arrêta même pas au grand siècle. Je ne prétends pas que les vignettistes du XVIIIe siècle, ces maîtres de l'illustration du livre, obtinrent de lui la justice que ses contemporains étaient unanimes à leur refuser et qui devait leur être un peu plus tard si complètement rendue; je note qu'il avait cependant accueilli dans son « musée » quelques beaux ouvrages à figures. Ainsi l'on y remarquait l'exemplaire des *Contes de La Fontaine*, édition des fermiers généraux, aux armes de Mme de Pompadour. Comment et à quel prix Nodier s'était-il procuré ces deux volumes richement habillés par Derôme? On l'ignore. Je sais seulement qu'à la vente qui suivit son décès, en 1844, l'exemplaire des *Contes* fut vendu 244 francs. Il a subi de nouveau l'épreuve des enchères en 1888 — vente de La Roche-Lacarelle; — il a été adjugé alors 15.500 francs. Il appartient présentement à M. H. Béraldi. On voit par là de quelle façon Nodier, en cette matière bibliophilique, avait devancé son époque.

En veut-on un autre exemple? Tandis que ceux de sa génération passaient à côté des *provenances* sans daigner s'y arrêter, il s'y attachait, il en discernait les mérites. Il avait trouvé, notamment, un petit volume de Bertaut, *Recueil de quelques vers amoureux*, Paris 1602, encore recouvert de sa première couverture en velin, aux armes de Henri IV. Lisez la notice qu'il avait, dans la description de sa bibliothèque, consacrée à cet exquis *bibelot :* « Si l'on se rappelle « l'étroite liaison du monarque et du poète, on ne « sera pas étonné de trouver les *Vers amoureux* de « Bertaut dans la bibliothèque de Henri IV. Ce pré- « cieux exemplaire est timbré, en effet, par le doreur « des armes et du chiffre du bon roi, et on peut pré- « sumer que ce n'est pas celui de ses livres qu'il a le « moins feuilleté. Il me semble qu'il faudrait être « bien insensible aux douceurs de la bibliomanie pour « ne pas trouver quelque charme à un pareil sou- « venir. » Ce charme fut peu compris en 1844 : *le Bertaut* aux armes de Henri IV ne dépassa pas le prix de 71 francs. Tout récemment, à la vente du comte de Lignerolles, il a passé pour la seconde fois sous le marteau d'un commissaire-priseur et il a été payé 7,450 francs !

Les « modernes » revendiquent encore Nodier à raison de son amour de la reliure et de l'impulsion qu'il donna à cet art charmant. Il ne dédaignait pas de fréquenter chez le relieur Thouvenin et de combiner avec lui des décors inédits, des « jeux de filets » imprévus. Il était son client, il était son collaborateur. Il appelait Thouvenin le plus admirable relieur des temps passés, présents et futurs. C'était bien un peu exagéré. Mais à son époque, tout le monde était d'accord pour surfaire cet heureux homme. En 1820, son confrère Lesné, un amusant original qui faisait des vers en même temps qu'il poussait des « petits fers », écrivait dans une note de son poème *La Reliure* : « Thouvenin est un de ces hommes extraordinaires « qui, semblables à ces corps lumineux qu'on est « convenu d'appeler comètes, paraissent une fois en « un siècle. » Toujours est-il que Thouvenin fit, à la demande de Nodier, d'excellents ouvrages; pour le maître, il s'appliquait, il se surpassait. Les reliures dites « aux écussons » sont d'une exécution parfaite. On connaît ce type : des dos presque plats et richement ornés; un double cadre de trois filets, le cadre intérieur étant agrémenté de fleurons d'angle ; sur un des plats, au milieu, dans un élégant cartouche, ou écusson, la devise : *Ex Musæo Caroli Nodier;* sur l'autre plat, en guise de pendant, entourés du même cadre, les mots : *Ex officina Jos. Thouvenin.* L'honneur était grand pour le relieur; et il y a lieu de croire que Thouvenin savait l'apprécier, car, avec Nodier, le profit devait être plutôt pour son légitime amour-propre que pour sa bourse : l'auteur d'*Inès de Las Sierras* ne roula jamais sur l'or. M. Ad. Jullien vient de reproduire, dans son curieux travail sur l'éditeur Renduel, des lettres où Nodier demandait de petites avances, en ajoutant qu'il était « diablement pressé selon l'usage ». Quand, par hasard, il pouvait se permettre une plus grosse dépense, il commandait à Thouvenin une reliure « à la fanfare ». On en connaît quelques-unes qui sont remarquables; les amateurs se les disputent aujourd'hui.

Moderne, Nodier l'était aussi par sa façon de parler livres. Jusqu'à lui on avait connu des bibliographes aux allures rébarbatives. Il inaugura ce qu'on a dénommé depuis la bibliophilie ouverte. Les nombreux articles et études qu'il publia un peu partout, mais de préférence dans le *Bulletin du Bibliophile*, fondé par son ami Téchener, sont d'une lecture aussi attrayante qu'instructive. Il ne pontifiait pas; il était le premier à rire des travers de ses confrères et des siens propres; voyez sa jolie fantaisie intitulée *le Bibliomane*. Le livre n'était pas pour lui ce qu'il fut pour Jules Janin : un prétexte à rhétorique. Il savait ce qu'il disait et sa passion était sincère. C'est justement parce qu'elle était sincère qu'il pouvait se permettre les railleries innocentes que je viens de rappeler.

Oh! oui, il aimait les livres. Cependant il vendit à deux ou trois reprises ceux qu'il avait amassés. Encore un trait dont certains « modernes » lui savent gré, si même ils ne lui en font pas honneur. Précédemment, l'union du bibliophile et de sa bibliothèque était considérée comme indissoluble. On n'est pas loin de glorifier le bon, l'honnête Nodier d'avoir introduit le divorce, que dis-je? le régime de l'union libre.

Je crois qu'il n'eût pas été flatté de l'éloge. Je sais qu'en tout cas le reproche contraire lui était sensible. Il y avait dans ce temps-là des déjeuners de bibliophiles chez Pixérécourt. Paul Lacroix, un des assidus, raconte qu'on y faisait la guerre à Nodier ; le marquis de Ganay enflait la voix pour lui adresser des remontrances : « Vous n'êtes qu'un volage en fait de livres, presque un libertin. » Et le pauvre Nodier s'excusait : ce n'était pas de sa faute ; c'était pour en acquérir d'autres ; et s'il avait pu se séparer de tels ou tels de ses livres, rien ne pouvait arracher de son cœur l'amour qu'il leur gardait...

IV

Quelle joie il eût éprouvée, et comme il eût été remué dans tout son être de bibliophile, d'artiste, d'auteur, s'il lui avait été donné de contempler cette splendide édition d'*Inès de Las Sierras* que M. Ferroud a bien voulu me charger de vous présenter !

Elle est illustrée par M. Paul Avril, dont le talent de dessinateur ne s'est jamais plus hautement affirmé. Surtout il n'avait pas eu encore l'occasion de se révéler comme un maître de la gravure en couleurs.

Cet art si charmant, mais si difficile, de la gravure en couleurs avait été, par un phénomène étrange, abandonné et en quelque façon perdu à partir du moment même où les Debucourt et les Janinet l'avaient conduit à sa perfection. Un siècle devait s'écouler avant qu'il ne fût repris de nos jours, notamment par l'habile aquafortiste Gaujean. On connaît, pour ne citer que cette œuvre, les planches de Gaujean qui ornent le *Zadig*, de la Société des Amis des Livres. Elles sont fameuses à juste titre, et le soin qu'on a eu de joindre à la fin du volume les « épreuves de décomposition » a initié les amateurs au labeur immense que représente l'exécution de chacune d'elles.

Il n'y a pas lieu, à mon sens, de comparer Gaujean et Paul Avril. Je ne sais pas lequel des deux a le plus de mérite; mais je sais que les procédés employés par eux, comme aussi les effets obtenus, sont très différents.

Au point de vue du fondu, et par conséquent de la reproduction exacte de l'aquarelle, l'avantage est incontestablement à Paul Avril. Supposez — si du moins la supposition est possible — une aquarelle à la plume, vous aurez ce que donne, avec une remarquable intensité, le système de Gaujean ; mais la méthode de Paul Avril donne des gravures qui semblent réellement peintes avec un pinceau. Veuillez parcourir soit les scènes où il montre en action les personnages du récit de Nodier, soit les vues du château fantastique où il a si heureusement traduit les impressions que l'auteur s'était efforcé de communiquer : l'illusion n'est-elle pas absolue et ne croirait-on pas avoir devant les yeux des aquarelles originales ?

Le texte qui encadre ces gravures est digne d'elles. Tout justement, dans cette « Lettre à M. Buloz » dont j'ai parlé plus haut et qu'on lira ci-contre, Nodier dénonçait comme une cause de la crise de la littérature « la mauvaise exécution des produits de l'imprimerie ». Il ne se doutait pas qu'avant la fin du siècle l'art de la typographie retrouverait des adeptes consciencieux, dévoués, passionnés, au premier rang desquels M. Hérissey, d'Evreux, l'imprimeur de notre volume, mérite d'être mentionné.

L'imprimeur en taille-douce, M. Wittmann, qui a tiré les planches, doit être cité avec non moins d'éloges ; et tout se résume, finalement, dans les félicitations qu'il convient d'adresser à l'éditeur Ferroud pour avoir su s'entourer de collaborateurs aussi parfaitement choisis.

A. DE CLAYE
(d'Eylac).